文芸社セレクション

成り上がり営業マン

丸林 弘一

MARUBAYASHI Koichi

文芸社

目次

社会人1年生

大学を卒業し、ついに社会人になった。
時はバブル隆盛、後半の世の中がまだまだ浮かれ切った時だった。
年収1000万円、青年実業家○○さんとか、テレビでも良く見られる時だった。
俺も夢を見ていた。
「いつか俺も年収1000万だ」と……。
しかし、現実は厳しいものであった。
俺が就職したのは、車のディーラーであった。
毎日、毎日テリトリーをまわり、また、知り合いの所に話をしに行く。
でも、車なんか、そうそう売れるものじゃない。
「とりあえず、初月、自分が1台買うしかないかな?」

そして買う。

今月はこれで良い。

でも毎日とりあえず、営業して回らなければ来月の見込みもなくアウトになってしまう。それで5月、何とか友人が1台。

そして6月、これまたなんとか1台。

そしてボーナス支給月。

そしてその日、朝から雨。

出社しても行くところが無い。

とりあえず家に帰って寝る。

でもボーナス明細をもらうのに気が引ける。

そして会社に戻る前、何を考えたか車から降り、雨の中に立ちつくす。

当然、びしょびしょ。

さもテリトリーを今まで必死に歩きまわっていたかのように……。

会社に戻り、所長から「頑張るなー！」と激励の一言。

恥ずかしかった。

そしてボーナス明細をいただく。

恥ずかしさと、情けなさとのダブルパンチ。

こんな事、絶対続かない……。

完全にいつかは年収1000万円と思い願っていた想いが根元からへし折られてしまった。

すべてにおいて社会の厳しさ、そして自分の甘さをいやというほど思い知らされた。

そしてこの仕事から逃げることばかり考えていた。

転職のきっかけ

このころ、付き合っていたY子が全日空の客室乗務員で初任給から40万円オーバーと言っていた。

ある日、Y子が家に泊まりに来たとき、買い物に出かけた。

その時、物凄く欲しいと思うかっこいいスーツが目に入った。

値札を見ると10万円。とても自分の給料で買える品物ではない。

諦めて店を出る。が、またその店に行きつく。

またまた物欲しそうな顔でそれを物色する。

すると彼女が「プレゼントしようか」と言う。

偉そうに俺は「お前、馬鹿にしているのか、自分で稼いで買うわ」と応戦。

そして、またまた店を出る。

それなのにまたまた吸い込まれるようにその店に行きつく。

俺「やっぱりプレゼントしてくれ」
無茶苦茶、プライドも何もあったものじゃない。
Y子「喜んでくれるならいいよ」と答える。
欲しいものは手に入ったが気持ちが何ともすっきりしない。
いつか俺だってこの子の稼ぎを超える男になってやる。
心に誓った。

そして転職

年収1000万、青年実業家、そんなこんなで全くの夢と散っていこうとしていた時、友人が、

「お前は口がうまいからあの会社行ったらどうか」と甘い誘惑を投げてきた。

「そんな会社があるのか？」

俺はその言葉にすがりつきたかった。

そして、会社には「営業に行ってきます」と外に出て面接に行く。

その会社のドアをたたく。

「どうぞ」と中から声がする。

中に入る。

事務のちょっと色っぽい俺よりも年上の女性がいた。

そして所長を呼びに行く。

会社の中には俺とその事務のお姉さんと所長の3人しかいなかった。

「静かで誰もいない会社だな」と思った。

所長を呼びに行っている間、ドアに貼られている1日のスケジュール表という張り紙が目に入った。

そこには、9時出社、5時帰社、6時帰宅と書いてあった。

「何と楽な会社なんだろう？」と世間知らずの俺はそう思った。

そして、面接。

所長は言う。

「やる気があって、営業成績が良ければ3桁の給料も夢じゃないよ」

3桁の意味がわからなかった。

「3桁ってなんですか」と聞く。

「給料が100万円超えるということだよ」と所長が言った。

「こんな楽な仕事内容で、しかも100万円も貰える？」と勝手に妄想の世界に引き込まれていた。

「年収1000万、青年実業家？」

現実の厳しい日々の社会人生活の中で忘ていた年収１０００万円。

まさかここでこのフレーズを聞くとは……。

「いつまで車を売っていても月に１００万円なんて稼げるわけがない」

と言うか車販売に全く自信のない俺は逃げるようにそして、何の迷いもなく、その所長の月収１００万円という言葉に魅せられ心躍らせて入社を決意していた。

そして退職。俺の初就職は僅か3ヶ月で幕を閉じた。

ワクワクして転職し、入社したはいいが、毎週、毎週15人くらい入社してくる。

でもまた、毎週、毎週15人くらい退職していく。

残っているのは常時15人いるかいないかであった。

それくらい苛酷な職場であった。

その就職先は訪問販売会社であった。

ただ一つ良いことがあった。

それは、その会社で働いているのは女性のほうが多く夢のような会社であった。

が、仕事は毎日飛び込み営業。

冗談ではなく、入・退社が激しいのがわかる。

あの面接のときにドアに貼られていたスケジュールはドアには既になかった。

おそらく、面接の時だけ貼られるのだろう。

全く話が違うのである。

初出勤の時、初めて諸先輩たちと顔を合わせた。

15人くらいでの朝礼であった。

その時、2ヶ月間の奨励でハワイキャンペーンが行われていた。

すでに1ヶ月が終わり折り返しの2ヶ月目であった。

この営業所の中にとんでもない、俺の夢の1000万円を稼ぐスーパー営業マンがいると所長から聞いていた。

しかも、びっくりすることに女性と言うことだった。

その朝礼のときに流石というか当たり前のようにたった1ヶ月で見事に一番乗りでハワイキャンペーンに該当し表彰されていた。その女性は背は低く少女のような風貌であった。「こんなか細い女性がやれるのだから絶対にやれる、俺も行ける、頑張るぞ」と心の中でつぶやいた。

その女性は幼児課で新生児から幼稚園児までを担当する部署で、俺の配属は小学課であった。小学校以上の家庭を回る部署であった。

その中に年は一つ上で4月に新入社員で入社した学年が同じのO君がいた。

そのO君は1ヶ月でちょうど折り返しの成績をクリアーしこのままいけば該当する位置にいた。

そのO君がいきなり俺の肩をたたき、「丸君、一緒にハワイに行こう」と言った。

この言葉が無性に頭にきた。

「今に見とけよ、余裕見せやがって、絶対に該当してやる」と心に火がついた。

「よーし、頑張るぞー」

まず、最初の3日間、ボンゴの運転手である責任者S主任の同行。

現地に着くまでの途中のパーキングエリアでみんな（6人）で昼食。

その後、現地に着き、一人、一人とボンゴから降ろされていく。

最後にS主任の地区に着いていよいよ同行営業のスタート。

7月の暑い陽の中、汗でびしょびしょになりながらも全く休憩すらしない。

次から次へとお客さんの家に飛び込みをしていく。

全くお客さんに相手にもしてもらえず、ただただ訪問を繰り返す。

「丸ちゃん諦めるんじゃないぞ」と主任は言う。

顔は汗でぐちゃぐちゃ。

それでも話しながら次から次へと訪問を繰り返す。

そして2時間くらいたってやっと「ジュースでも飲むか」と主任が言う。

俺は神の声に聞こえた。

しかし、喜びもつかの間。

「さあ、行こうか」と飲み終わってない缶ジュースを持ったまま主任は言う。

「とりあえず、ジュースくらいゆっくり飲ませてよ」と俺は心の中で叫ぶ。

でも全く通じていなかった。S主任は何事もなかったようにさっさと次の家へと向かった。ありえない、こんな調子で初勤務が終わった。そして3日間とも同じペースで過ぎて行った。

当然のように3日間、契約を貰える事はなかった。

4日目から俺一人。

休憩はきっちり取ったけれども当然、俺も必死に回る。

けれども当然のように契約は出ない。

「主任でも3日も取れないのに俺みたいな新人が取れるわけない」と一人で出来ない言い訳を繰り返していた。

しかも毎日、夜9時まではノック出来るというのが会社の方針であったため、みんなの成績が悪いとS主任の判断で続行が言い渡される。続行とは営業延長であった。

一度夕方7時前後から順次集合し、ポンコツボンゴに乗り込み、続行か否か発表される。

というかほぼ毎日続行である。

みんなS主任の続行指示に全く反論をしない。

「なんてひどい会社だ」と契約が出ないのも会社のせいにばかりしていた。

「これじゃハワイにいけないぞ」と自分に言い聞かせてはいたけれども……。

会社から約2時間の田舎町まで高速道路をボンゴに6人揺られながらの往復であった。

俺は元気がよかったせいか、いつも回ってくる地区は山の中であった。

一人ひとり順番にボンゴから降ろされ、俺は山の中S主任からの指示。

「山を下りたところのバス停に18時半」

とりあえずその時間まではお客様のところに行くしかない。そこに行くまで山を登り下って迎えに来てもらうしか帰る手段がない。必然として1件、1件と飛び込み営業するしか仕方ないのであった。

周りはパチンコ屋どころか喫茶店すらない山の中、とにかく集合場所まではどんな事をしても歩かないと迎えにさえ来てもらえない。

だから回るしかない。

また俺は淋しがり屋なので人と話すことが好きである。

飛び込みでもお客様のところに行くしか話は出来ない。

そう!　仕事をするしかないのだ。

そのお陰で毎日歩きまわっていたので訪問数はすごかった。

帰社した後、会社に帰ってミーティングはだいたい夜10時半くらいまで。もう冗談ではないのである。

面接の時のスケジュールは真っ赤な大ウソであった。しかも面接は先輩たちが営業に出た昼過ぎからしか面接は無いのだ。

先輩たちに会うまでどんな仕事でどれほど厳しい仕事であるか先輩たちに会って話をするまでドアの張り紙スケジュールしかわからない。

入社しないとどれだけ厳しい仕事であるかわからないのだ。

だから、「頑張ります」と言ったはしから退職していくのだ。

いつも山の中ばかりが地区ではあったが初めて街中の地区を担当することになった。

新鮮な気分でまた今日も必死に回る。そして続行。

帰って夜10時前帰社。そしてミーティング。そんな中で俺は今日の訪問件数を所長に報告した。

この日は山の中ではなく、市街地の高層団地であったため、相当の訪問数を繰り返した。

そして「今日の訪問件数、300件」と発表する。

すると所長が「ウソを言わなくていい。そんなに回れるはずがない」と言う。

確かに俺は御用聞きであったと思う。

サザエさんに出てくる三河屋のサブちゃんのように「今日はいかがですか?」といった具合に。

でも今日回ったのは集合高層団地。300件と言わないぐらいに事実訪問した。

へとへとになっていた自分に所長は言う。

「ミーティングが終わったら私の部屋に来なさい」と一方的に。

ミーティングが終わり俺は所長室に入るなり、俺は怒りの言葉が飛び出していた。まだ半分学生の気分があったのかもしれないが……。

「あんた見たんか、俺は今日、本当に必死に回ってきたんや」と言った。

所長は俺の言葉をさえぎるようにまた言った。所長は、

「丸君の話が本当ならば」と言ってきた。

「だから……」と口をはさむ。

そのあと所長の口から俺の人生を変える一言を発したのだ。

「丸君はとんでもないスーパー営業マンになれる」と言う。

その言葉に俺は酔いしれた。

そして完全に勘違いをさせられた。

次の日からもう俺はスーパーマンにでもなった気持ちでいた。

それが不思議なことに成績がぐんぐんと伸びていった。

その会社で初めて貰った給料が80万円弱もあった。

「夢の年収１０００万円」いけるかも……。

「一緒にハワイに行こう」と俺の肩をたたいた新卒のO君よりも先に２ヶ月間の奨励であるハワイのコンベンションにもわずか１ヶ月で該当出来た。

あのスーパー営業マンと同じ事をやってのけた。

「そして逆に一緒にハワイに行こうぜ」と肩をたたき返してやった。

最高に気分良かった。

でも問題があった。

それは、身長も約１７８センチの俺であるが立っていても自分の足の臭さに気付くほど悪臭を身にまとっていた。（それほど毎日歩きつづけていた。）
それほど毎日必死であった。
毎月成績は営業所の中でもトップに近い成績が出るようになっていた。
日中の仕事で契約も出るようになっていた。
俺は成績が良いんで続行はしたくない。
だからS主任の続行指示にも「嫌だ」と言うようになっていた。
「みんなもしたくないやろ」とまで言っていた。
でも車は1台しかない。
「俺はしません」と言いつつも一緒に残るしかない。
そうすると回るしかなくなる。
なんと理不尽なことなんだろう。
冗談みたいな話である。
そんな毎日を過ごす中、O君もハワイに該当した。
「おめでとうO君」その日、小学課で祝杯をあげることになった。
S主任をはじめ、6人中4人がハワイキャンペーンに該当したのだ。

ハワイは初めてだったし、とにかく楽しかった。

しかし、毎日、毎日、帰りは11時過ぎ、そして日中は飛び込み。

確かに給料は良い。

でも体がきつい。

そんな思いもあったが、女の子は多いし、会社の居心地が良かった。

環境は良かった。女の子にだらしなかった俺は外泊も多かった。

あの色っぽい年上の事務のお姉さんとも仲良くしていた。

またどっちにしても帰りが遅いため寝不足であった。

出張続きで母親が心配をしていた。

というより俺の素行が悪かったため、本当に仕事をしているのか、またどんな仕事をしているのかが不安であったのだろう。

特に金回りが良かったせいでもあったと思いますが……。

そんな俺を母親が見かねたのか知り合いの代議士の秘書の方に相談に行っていた。

ちょうどその時、T生命の所長さんからその方に依頼が行っていたらしく、

「是非息子さんのような明るく、元気のある青年をその会社が探している」ということで面接に行きなさいと言われたのである。

実は母はお勉強だけ来てよといった感じでS生命に3ヶ月だけ在籍し、日々の保険屋さんの厳しさを知っていたみたいで「保険会社だけは」と思っていたらしい。でも自分からお願いに行っていたため「別の仕事はないですか」と聞けなかったのだ。

その際、秘書さんが嫌だったらまた次をすぐに世話するとの条件付きであったらしい。

そんな流れでとりあえず面接に行かされることになった。

社会人1年目で二度の転職をしてしまった。

今度はいけると思っていた年収1000万、青年実業家はまたまた夢と消えてしまった。

でも年収で800万位のところまでは行けそうであった。

仕事はとんでもなく厳しかったが会社は本当に楽しかった。

でも親の言うように転職したのはやっぱり体が悲鳴を上げていたのも事実で

あった。

保険会社の面接

そしてその所長さんがノリのよい方で「元気が有り余っているね」「君みたいな元気で明るい人材が欲しい」と秘書さんが言っていた通りのことを言う。

さらに「3日働いてくれればいいから」と意味のわからないことを言う。

俺は「どういうことですか」と尋ねた。

所長さんは「3000万の保険を月に3件、だから3日だよ」という事であった。また、「それを続けることが出来れば年収1000万円は稼げるよ」と言った。

実際に面接に立ち会っていた所長代理さんが実は俺と同じ秘書さんからの紹介でここに入社したらしく、そのうえ、年収で1000万円を超えているという。

「本当に3日しか働かなくて良いのですね」

と俺は確認した。
たった3日しか働かないで夢の年収1000万円を稼ぐ事が出来る。
また、飛び込み営業のときと同じ妄想に浸る。
「責任者である所長さんが言っているのだから間違いない」
「ラッキー」だとその時、真剣に思った。
そしてそんな軽いノリで「頑張ります！」と入社の運びとなった。
「今度こそ、とにかく年収1000万」
どうしても自分で稼いでみたかった。
「とにかく頑張るぞ」気合だけはすごかった。
この面接のやり取りが今後自分の保険屋人生を決定付けた一瞬であった。
とにかく働かずに1000万円稼ぐそんなことばかり考えての保険屋であった。

研修のスタート

そして保険屋さん人生が始まった。

と言っても長く勤める気持ちはサラサラなかった。

2週間の研修期間がスタートした。

これは生命保険販売するために必要な資格をとるテストに合格するためにする初級研修。

俺以外は女性ばかりで俗にいう保険のおばちゃんばかりだった。

その中には勉強だけ受けてもらえば良いという人も交じっていた。国内の生命保険の販売員はたいていが俺を含めてこのレベルの採用であった。

当時の研修は一日2000円と交通費が支給されていた。

この日当と交通費が目当ての人も珍しくなかった。

そして女性たちはみなさん教育係の課長さんから丁重に扱われていた。

当たり前の話ではあるが、入社するまではとにかく優しいのが保険会社であった。

それが当たり前なのに俺に対する対応はあり得なかったのである。

どうだったかというと「なんでお前のような汚れがここにいるのか」とか、「保険会社をバカにするな」とか、一応大学卒の俺だが「そんな大学聞いた事もない。勝手に作るな」とかそういった調子であった。

実際私自身も入学するまでこの大学を知らなかったが……。

でもこんなおっさんから言われる筋合いはない、冗談じゃないと思い、例の秘書さんのところに行った。

「もう駄目です」

「勘弁してください」と泣き言を言いに……。

秘書さんは「もう少し我慢してみろ！　始まったばかりではないか！」と笑顔で言った。

それでも駄目だったら次を紹介すると言った。

「それしか言うことないんかい」と思いながら……。

2週間の研修期間を経てついに営業所に配属になった。

またこれがびっくりしたことにおじさんばかりの営業所であった。

「前の職場は女性ばかりだったのに……」

そこは主に法人を相手にする幹部候補生ばかりの営業所であった。

幹部候補生かなんか知らないがまた嫌になった。

そして定例のごとく紹介者の秘書さんの所に行った。

「もうダメです」

「勘弁してください」

そこではまた定例のごとく、

「もうちょっと我慢してみろ」というういつもの回答であった。

「嫌だったらまたすぐ他を世話すると言ったじゃないか！」

「嘘つき」

「紹介する気がなかったら最初からすぐ紹介するとか言うな」

「冗談じゃないぞ」

「紹介料取ってるんじゃないのか」など口には出せないが頭の中で吠えていた。

初出社

１９８８年バブル真っただ中とはいえ、俺の周りは何らバブルという世界はなかった。

でも、この保険業界はかなりこのバブルで世界が変わってきているようだった。

そんな時代にこの業界に足をつっこんだのである。

初出社、一応気合を入れて舐められてたまるかといった調子で営業所に乗り込む。

誰も相手にしてくれない。

諸先輩たちはあの教育担当の課長さんのような目で俺を見ている。

朝礼が始まった。所長さんが俺に所信表明をしてくださいと言う。

俺は何を言っていいのか分からず焦りまくった。

口を衝いて出たのは「誰にも負けません。この営業所で一番になります」と宣言した。営業所のみんなはどん引き。

さらに所長は俺に「髪を切りに行ってこよう」と言った。

このころヤンキーが流行っていた事もあるが俺はそんな髪形をしていた。

そして次の日も「もう少し切ってこよう」と言われた。

そして例の秘書さんの所に行くがまた答えは同じであった。

ようやく3日目にして所長から許しが出た。

毎日、面白くもなく、一人ぼっちの日々が始まった。

意地で一番

俺も意地になった。絶対に誰にも負けないと心に誓った。

所長の3日働いてくれればよいという言葉を心のよりどころにしていた。

全くニーズのない5000万の保険を月に3日を半年くらい続けていると一人の先輩が「自分凄いね」と言って近寄ってきた。

その先輩は俺が入社するまでこの営業所でずっと一番だった人だった。

年2回の集中活動（飛び込み年金販売）ではいつも責任件数を確実に上回り、集中活動の神様と呼ばれていた。

その後、仲良くしてくれて俺も師匠と呼ぶようになっていた。

ちなみに実のお兄さんが別の営業所にいて二人ともトップ営業マンであった。

まして、師匠はみんなに慕われていた。

師匠が近づいてくれた事をきっかけにみんなが凄いねと一斉に近づいてきた。

俺は元来、よくいえば愛嬌がある、悪く言えば横着という性格であったため、幸か不幸かその後、みんなから可愛がられるようになった。

でも俺はニーズも何もない保険を売っていたので全くすごいとは思っていなかったし、3日働けばいいという気持ちしかなかった。

一発逆転！

そうこうしていると商工会議所の制度で8日間の集中活動というのがあった。

その商工会議所は初めて提携するということで成績優秀なメンバー8人がエントリーされた。

なぜかその中に選ばれた。

こっそり自信はあった。

飛び込みは前職で実績があり得意であったからだ。

「やっぱり俺は新人でありながらも期待されてるんだ」とピノキオのように鼻が伸びていた。

しかし現実は4日間で契約ゼロは俺一人であった。

帰りの車中で所長さんにからんだ。

「何でこんな所まで俺を連れて来たんですか」とその商工会議所は会社から1

時間くらいのところにあり、毎日所長さんの車で送り迎えをしてもらっていた。

前職の飛び込みは回って、回って、行く所が無くなれば次といった具合に次々に地区をもらっていた。

今回の集中活動は決まった同じ地区を8日間かけて回るというものだった。帰りの車中で所長さんから「少しでも話を聞いてもらえる所があれば粘ってみなさい」とアドバイスをもらった。

前の仕事の飛び込みはその時に契約をいただかなければ見込みなしと思って再訪しても契約になる事が無かった。そのため、次から次へと回るしかなかった。

でも、「この仕事は違うんだ」とその時、思った。

とは言うものの全く契約を貰える自信が全くなかった。

「とにかく少しでも話を聞いてくれた所から回り直してみよう！」と気持ちを入れ替えた。

するとびっくりすることに初契約が出た。

もうたまらないほどに嬉しかった。

「とにかく見込み客をホットなお客様に変えていき、俺のファンにしていこう。今までの営業活動とは全く違う。このやり方でないと年金は取れない」とすっかり気を良くして回り直す。

するとそこからびっくりすることに次々と契約につながった。

残り4日間、ものすごい勢いであった。

4日も俺一人ゼロで所長に泣き言を言っていたのが全く嘘のようであった。

所長のアドバイスがこんな結果につながるとは全く思っていなかった。

そして終わってみると何と選抜メンバーの中で一番の成績になった。

商工会議所からは感謝状を頂いた。

初出場で一番トップの成績。

他のメンバーもびっくりしていた。

なんて気持ちの良いことだ。

「やっぱり俺は天才だ」とまたまた勘違いする俺だった。

入社以来、何をやっても全て出来過ぎなスタートであった。

出張！　そして、またオレ、俺様！

翌月、また選抜メンバーが４人エントリーされた。また俺が入っている。
これはある紹介代理店の仕事で県外での泊まり込みの仕事であった。
けれども俺はニーズのある保険の話ができない。
勢いとちゃめっけでバカ話をする。
たいていの日本の会社の優績者の方はこういった勢いだけの人が多い。
３人の冷たい視線が背中に突き刺さる。
無駄な話ばかりしている。
でも確実にお客さんである社員たちと仲良くなっている。
そして次から次へと面談する社員さんたちからご契約を頂いていった。
結果的に契約はまた４人の中での俺の契約が６割以上になった。
先輩たちは注意する事さえできなかった。

結果が全てであった。
いよいよ俺は調子に乗っていった。
「俺は天才だ!!」一本当にツキというのは恐ろしいものだ。

ライバル出現

３ヶ月がたち、某有名国立大学の工学部出身で俺よりも４つ上の新人が入社してきた。営業所は違うが優績者のおばちゃんの息子だった。

彼も所信表明が強烈だった。

俺の時のようじゃないけれども面白かった。

営業所の入口の所に傘立があったのだが何を思ったのか彼はいきなりの挨拶の中で「入口が汚いと仕事へのモチベーションが下がるのでいらないのであれば全て捨てます」とぶちまけた。

恐ろしい新人の挨拶だ！

また凄いデビューであった。

そして当然、みんな彼をけむたがった。

変な奴というレッテルが俺と同じようにいきなり貼られてしまった。

彼の場合は頭が良いせいか頭が固くずっと俺たちの仲間から疎外されていた。
彼は営業所の中では浮いていたが成績はすごかった。
でもいつも俺の二番煎じであった。
俺的にも頭と学歴のコンプレックスは相当にあった。
絶対にこいつだけには負けたくなかった。
というか負けるわけにはいかなかった。

仕事探しも大変だね

このころになると業績は絶好調。全く話す相手さえいなかった営業所でもほとんどの人と打ち解けていた。

また、出勤時間はバラバラだけども集合場所が毎日決まった喫茶店だった。仲間が集合するまでその喫茶店で待機していた。

今日の予定をみんなで話し合い、ほとんど日中はパチンコ、マージャンばかりの日々だった。

このころ、紹介営業をするわけもなく、大体、お客様の所に行くのは夕方過ぎか休みの日がほとんどであったため、ウィークデイは暇な毎日であった。

ある日、毎日のように通っていたパチンコ屋の店長さんから「毎日、仕事探しも大変だね」と声をかけられた。

とりあえず、毎日スーツを一応着ているからそう見えても仕方なかった。

俺はでたらめが恥ずかしかった。
「毎日遊んでばかりいるとそう思われてもしょうがないな」と思った。
「3日働いてくれればいい」と言った所長が悪いんだ。
「前の職場の3分の1くらいにはなったが給料はもらっているんだ!!」
と思いながら、悲しいですが「ちゃんと働いてるんだ」と名刺を差し出した。
名刺を出すんじゃなかったと後悔しながらも、いたいけな抵抗であった。
このころ、若かったせいか全く将来に対してこれでいいのか不安も無かった。
今考えると末恐ろしい話だ!

反面教師のリーダー

そんなけむたい年上の後輩と俺はチームが同じであった。

またそのリーダーは電話報告を聞くだけで何にも仕事をしない人だった。

けれど物凄く厳しい人だった。自分に甘く人に厳しいの典型的な人だった。

俺と面倒くさい後輩は数字をいつも出していたのであまり怒られることはなかった。

いつもこのチームは今でいうバジェット（責任額）をクリアーしていた。

ドル箱二人を要しているのだから当たり前といえば当たり前であった。

そんなチームがバジェットを少し残した月があった。

俺はやっているからいいや、とのんきに考えていたが先輩二人が頭のてっぺんから足の先まで届く勢いで怒られまくっている。

「お前らのせいでうちのチームがバジェット達成できないんだ」

「今から契約を取ってくるまで帰ってくるな、取ってくるまで何時になっても待っているからな」と言った。

俺も頭にきた。

でも成績を出さないことには保険会社は給料をくれない。

先輩たちは真っ青であった。

一人の先輩と俺は一緒に営業所を出て喫茶店に行った。

ここはいつも朝礼が終わり次第、例の師匠率いる仲間が勝手に集まる場所であった。

先輩は「どうしよう、行く所がない、どうしよう」と泣きそうであった。

1時間半くらい愚痴を聞いてやった。時間が過ぎるばかりで何も解決しない。

俺は「俺の知り合いの所に行ってみましょう」と言った。

ある病院のレントゲン技師の所に行った。

もう8時を過ぎていたのに彼は忙しいからもう少し待ってくれと言った。

こちらは自分の都合の良い話をしに来たのだからしょうがないんで待つことにした。

1時間くらい待たされてようやく話を聞いてくれた。

大きくはないが年金を契約してくれた。

これで帰れると思った。

そして10時過ぎくらいにその先輩と営業所に戻った。

すると俺たちのチームは誰もいなかった。

残っていたのは師匠のチームのリーダーだけだった。

この人は師匠がいるにもかかわらず毎月バジェットを大きく割り込んで所長に怒り飛ばされるリーダーさんだった。

彼は遅くまでご苦労さんと声を掛けてくれた。

「本当に疲れたよ」と俺は思った。が、それどころじゃない。

「うちのリーダーは?」と聞くとそのリーダーが言った。

「さっきもうK君から報告があってバジェット達成したから帰ったよ」と。冗談じゃない。

絶対にこんな奴のようにはなりたくないと心に誓った。

その日からそのリーダーが大嫌いになった。

実はそのリーダーは年収で1000万を超えるくらいの給料取りだった。この当時で年収1000万といったらそれは凄いものだった。

青年実業家並みだった。

またこの当時給料が現金支給だった。

リーダーが俺を呼んで「ちょっと見てごらん」と言う。

何をしているかというと現金の入った給料袋を立てようとしていたのだ。

挙句の果てに「ピン札なんで今月は立たないや」と言いやがる。

おまけに「旧札だったら立つのに」と言いやがる。

俺の給料と言えば手取り12万がいいとこ。俺の給料もまたピン札で入っていたので入っているのかいないのかわからないようだった。まるで空の封筒のようであった。

全く以て嫌味なSであった。

その光景を見てまたこのSがさらに嫌いになった。

「また絶対にこいつだけには負けない」と心に誓った。

いつの日かこいつよりも稼いでやる。とメラメラと火がついた。

そういえばこのリーダーと面倒臭い後輩は良く似ている。ましてやこの後輩とはいつも一緒で仲が良かった。

俺たち、師匠を中心とする仲間はこの二人が嫌いであった。

その頃、師匠の給料も俺の5倍くらいあった。

毎月、営業所で一番の成績を出してもほとんど給料が変わらない。

俺は師匠に聞いた。

「何でこんなに給料が少ないいんやろ？　やってもやっても全然増えないいんだけど？」

師匠は言う。

「当たり前や、俺らも2年間は全然給料変わらんやった。2年間頑張れよ」と激励された。

「でも絶対に奴に負けられない。とにかくやり続けていくしかない」

「奴に絶対に勝ち続けてやる」と改めて心に誓った。

所長代理になる？

入社1年を迎えようとしていた。

成績はこれまたラッキーな事に常に営業所で一番の成績を維持していた。

ツキだけの何物でもない。

また、すでに仲間を3人、入社させていた。

これについてはスカウトと言う名のかっこのよいものではなかった。

というのも俺だけちょっと浮いていた。

若者のいない職場へのいたいけな抵抗であった。

要は仲間がほしかった。

それも大学時代の同級生二人と飛び込みをしていた会社の同僚、あの時一緒にハワイに行こうと肩をたたいた奴。

半分遊び仲間である。

それが評価されていたのか、所長代理昇格とかいう話がちらほら出ていた。

しかし俺は全く気にしていなかった。

まだ入社して1年くらいだし、大きな会社なのに俺なんかがという気持ちが強かったし、俺が入社するまで営業所で一番だった、そう一番に俺に歩み寄ってくれた人、その頃には師匠とすごく仲良くしてもらっていた。

営業所の中でも師匠はリーダー的存在であったし、俺を筆頭に軍団を形成していた。

勿論、俺が入れた仲間は当然その一味。

ほとんど毎日みんなでつるんで遊んでいた。

その頃、師匠にも所長代理昇格の話が来ていた。

しかし、軍団みんなで笑い話にしていた。「師匠が所長代理？　そんなことできんやろ？　打ち合わせなんかしていたらみんなで見にいって大笑いしようぜ」なんて笑い話になっていた。

しかし、それが現実となった。

みんなびっくりした。そして師匠が転勤となった。

師匠が営業所からいなくなり軍団の長がいなくなり軍団も静かになっていた。

そんな中、所長が俺に次の所長代理昇格は俺と例の高学歴の変わった俺の二番煎じのYだと言った。

俺は全くそんなことどうでもよかった。

でもYにだけは負けたくなかった。

師匠がいなくなって半年、俺が入社して一年半。

突然なんと俺が所長代理に昇格してしまったのだ。

また諸先輩を追い抜いての昇格であった。

この事実は営業所創設以来のスピード昇格との事であった。

勿論、例の奴よりもお先になったのである。

今では恥ずかしい話ではありますがニーズのある保険募集もできない、継続率の悪い、きちんとしたスカウトのできないリーダーがここに誕生した。

自分自身、大笑いであった。

「こんなやつが幹部なんてこの会社は大丈夫なのか」そんな気もしていた。

だけれど志は高かった。

「今に見ていろよ」と心に誓った。
それはSリーダーに対してであった。

初めての幹部会議

当時、T生命は4月5月、10月11月連月戦という責任額が大方2倍になるという記念月をやっていた。

そのセレモニーをある結婚式場にて執り行った。

支社長さんの普通の月よりも厳しい話からスタートした。

その話が延々と続く。

面倒であったが初めてなので緊張しながら真面目に聞いていた。

その中でしきりに一人一人に問い詰める。

「お前たちの色で仕事をしているからうまくいかないんだ」と特に所長さんたちに強く叱責している。

「ああ、そうなんだ」保険会社の幹部ともなると自分本位でなく、部下あっての自分を作っていかないといけないんだと心を引き締めた。

そしてやっと2時間半と実に面倒で長い長い会議が終了した。

「言う方はいいが聞いている方は大変だ」と心でつぶやいた。

すると業務課長（ナンバー2）が俺を呼んでいる。何があったのかと呼ばれていくと今まで散々小言を言っていた支社長が待ち受けていた。

そして俺に言った。

「いいかお前はお前の色で仕事を徹底的にやっていけ」と、俺はびっくりした。

今の今まで幹部を前にし、「お前たちの色で仕事をするな！」と怒っていた人がいきなりそう言い、俺は意味がわからなかった。

「話はそれだけだ」とまたそっけない。

「いいか、わかったな」とステ台詞を残し、消えていった。

意味がわからなかったがまた俺は、「俺はすごい、俺のやりたいような営業をすればいいんだ」とまた俺様感が強くなっていった。

この事が俺様の進化を増長させていった。

「何でも好きなようにやってやる」と支社長のお墨付きを頂戴し天下を取ったような気持ちになっていた。

リーダーとしてはじめての出張

それはあるスーパーで紹介代理店の新規出店にあたっての記念キャンペーンとしての社員募集であった。

初めてリーダーとしての出張募集でものすごく気合が入っていた。

当然、準備も万端。

店長さんとのアポも当然きちんと取り、意気揚々と1週間の出張へと出陣した。

前泊で出陣し、前祝の席を開催し、いよいよ勝負の日が来た。

とりあえず事務所に挨拶に伺い、店長との最終打ち合わせをしようと思ったが、事務員さんから思ってもいなかった言葉を浴びせられた。

「K店長は本日出張しており、明日しか来ません」と言う。

俺は耳を疑った。

昨日、K店長とお話しさせていただいて「明日から1週間キャンペーンをさせて頂きます。また明日お伺いして打ち合わせお願いします」と話していたからだ。

でもどうしようもないのでとりあえず事務員さんに用向きを伝え、「店長からも聞いている」との事で順次社員さんを呼んでいただけるというので事務所横の応接室で待たせていただいた。

しかし、誰も来てくれない。

事務員さんに再度お願いに行く。

「申し訳ありませんがもう一度呼んでいただけませんか?」とお願いする。

するとしばらくしてパートさんが一人来てくれた。

でも「行けと言われたから来ましたが保険には入るつもりは全くありません」とピシャリ。

それはもう取りつく島もなかった。

意気揚々と乗り込んで来たはいいがいきなりのKOパンチだった。

「どうしよう、こんなことじゃ話にならない」

「やっぱり店長もいない中でやってもどうしようもないな！」

自分を慰めるかのようにつぶやいた。

支社のM所長に電話をかける。

「手違いで急遽店長さんが出張に出られて従業員さんの協力が得られません。明日は店長が来られるみたいなので今日はこのまま続けても同じ結果しか出そうにありません。今日はこれであがっていいですか」と聞く。

M所長は「君に任せる」と言ってくれた。

4人ですることもないので雀荘に行った。

「明日から仕切りなおしだ、頑張っていこう」

そして改めて事務所に行くとそこには店長がいた。

ものすごく貫禄のある方だった。

「お世話になります、ご連絡させていただいたT生命の丸です」と名乗る。

「今日から1週間保険キャンペーンでお世話になります」と付け加える。

店長が「昨日からじゃなかったか？」と言う。

俺は「昨日からでしたが店長がいらっしゃらなかったので事務員さんにお願

いさせていただき従業員さんをお待ちさせてもらったのですがパートさん一人しか来てくれなくて、改めて店長さんに相談してさせていただこうと思いまして」と言った。
更に店長は「どんな仕事昨日はしたのか？」と言ってきた。
「そう言われても昼から麻雀していたし、どうしよう」と一瞬ひるんだ。
でもひるんでもしょうがない。
昨日の仕事です。と
A見込みに店長の名前
B見込みに男性社員の名前
C見込みに女性社員の名前
D見込みにパートさんの名前
を箇条書きにして店長に渡した。
当然、「なんか、これ？」と怖い顔をして言う。
俺も開き直った。
「本社で打ち合わせをしてこういう保険キャンペーンをするということは店長

さんも聞かれていると思います。店長さんのご協力なくしてこの保険キャンペーンは成功しません」と言ってしまった。

すると店長は「協力するも何もババーに言わな俺はわからん」と言う。

俺も続けて言う。

「ババーって誰ですか、お母さんですか？」

「嫁だ、嫁に言わんとわからん」と店長。

するとおもむろに電話を取って電話をしだした。

「もしもし、会社が保険も扱うようになってその保険キャンペーンを今日からすることになった。保険証券を持って話を聞け」といきなり言い出した。

しばらくして店長の奥様がわざわざ保険証券を持ってお店まで来てくれた。

丁重に今回の保険キャンペーンの趣旨を説明させていただき、即、理解して頂きその場でご契約して頂いた。

それからだった。

店長は怒るように男性社員に対し、「お前たちは会社がやっていることが理解できないのか」と怒鳴り出した。

それから社員さんは次から次へと来てくれた。

次々と同じ口ぶりで「一番安い保険は何か」と言い出した。

そしてそのまま契約をしてくれた。

結果は初めて任せられてリーダーとしてやった保険キャンペーンも終わってみれば大優績の締めくくりであった。

充実感ばかりの俺に店長が突然変な質問をしてきた。

「あんた、麻雀出来る？」

俺は一瞬びっくりした。

もしかして昼から初日に麻雀していたのがばれたのかと思った。

それは店長がただ単に麻雀が好きで聞いただけみたいだった。

俺は軽く「多少は出来ますよ」と答える。

「それじゃ今日8時にバックにおいで」と店長。

「バックって何ですか」と俺。

「搬入口の所」とまたまた店長。

今日は４人祝杯の予定であったが……。

「店長のおかげで保険キャンペーンが成功で終わったんでお礼かたがたやるか」と俺。

そして8時にバック。

業者さん二人伴って店長が現れた。

「さあ、いこうか」と店長。

始める前に「接待麻雀じゃないから遠慮なくあがっていいよ」と店長。

相当打ち込んでいるらしく、自信がみなぎっていた。

終わってみると俺の一人勝ち。

「店長、申し訳ありません」と俺。

「あんた、やるわ」と店長。

しきりに「あんた、おもしろいわ、おもしろいわ」と連呼。

「大抵は接待麻雀する奴が多いのに、本気で向かってくるあんたおもろい」とさらに言う。

その日からやたらと声をかけてくれるようになり、更に一番の後援者となってくれた。

ただ、難点だったのが、その出張のたび、深夜の勉強会は強制的となった。

「本当に店長有難うございました」

そんなこんなでまたしてもラッキーで運の良い俺だった。

半年遅れの所長代理と所長

半年がたち、俺のチームは人も増えて、支社の中でも一番のユニットへと成長していた。そんな時、例の面倒くさい後輩が同じ立場になった。

全く負ける感じがしなかった。

いや負けるはずがなかった。

会議の時でも彼はバジェット未達のリーダー。

そして俺は優秀なリーダーともてはやされていた。

また支社で一番大きいバジェットを背負うリーダーになっていた。

ようやく反面教師のリーダーを追い越したかと思った。

その矢先、反面教師の上司がなんと更に昇格し、所長さんになってしまった。

「でも俺は俺の出来ることをやって絶対に奴を追い越してやる」と覚悟を決めた。

ましてや同じ土俵の後輩君にはどんなことがあっても負けてはならないと自分を戒めた。

だいたい、国内生命保険会社の所長さんは実際、実務の出来ないというか保険の募集の出来ない人ばかりだ。

保険会社なのに保険の募集が出来ない、頭が良く、有名大学を卒業した頭でっかちの奴ばかりが所長をやっているのだからまったくもって不思議な世界であり、大笑いである。

「なんで、こんな仕事できない頭でっかちばかりが管理職なんだろう？」

「この会社は出来ない人に給料たくさんって意味がわからない」と入社以来、この事だけは納得がいかなかった。

「今に見ていろよ」

「バカにしかできないことをやって、頭でっかちな奴らをひっくり返してやる」

とまた猛烈に覚悟を決めた。

居心地の良い一番

それから一年たち、また例の連月戦がきた。

また俺は支社で一番に拘って、必死に数字を追いかけた。

ユニットのみんなも物凄く頑張ってくれた。

またその頃、15人を擁する大所帯であった。

初志貫徹しているのは、あの支社長さんに「お前はお前の色で仕事をしろ」と言われたあの言葉。

とにもかくにも俺は俺のやりたいように、好きなように仕事をしていた。

毎日、毎日、同行、そして自分の仕事。と八面六臂の大活躍であった。

恥ずかしい話、この頃も勢いだけでの保険募集であった。

国内生保のおばちゃんたちとなんら変わらないレベル。

ではあるが凄いことが起こった。

所長代理としてなんと支社で一番は指定席。
九州で一番。
西日本で一番。
そして驚くことに全国で一番のチームになった。
あくまでもこのときの連月戦の結果であるが……。
なんと気持ちの良いことか。
会議でも褒められっぱなし、おだてられっぱなし。
俺、どれだけついてんだろう！
運だけでここまで来ていいのだろうか！
ここまでくれば運も実力だ！
もともと一番が好きな俺ではあるが、本当に嘘みたいな保険屋さんであった。
とにかく俺様ここにあり!!

快適空間

とにかく、嘘みたいな本当の営業マンはバジェットに対してもグロスでも支社では何をやっても一番。

これでいいのかという不安とも背中合わせではあったが、不安を消し去ってくれるほど全てにおいてうまくいきすぎであった。

そして「お前の色でお前は仕事をしろ」と言ってくれた例の支社長は俺のこの会社での親父のような存在になっていた。というか考えられないほどその後も可愛がってくれた。

とてもあの入社の屈辱的な研修の時と同じ会社にいるとはとても思えないほどその頃、会社が快適空間になっていた。

その支社長の自宅に呼ばれたり、プライベートで旅行に行ったりなど特別待遇であった。

全くもって、保険会社では売上が人権であると改めて身にしみていた。

しかし、問題もあった。

俺のデスクには電話が置かれていた。

その電話に外線入電は事務にしか音が鳴らなかったから関係なかったが、問題は内線であった。内線しか音が鳴らないので鳴れば俺にかかってきている。

お決まりのように内線が鳴った場合、いつも決まって「俺だ。ちょっと降りてこい」と支社長室からの呼び出しであった。それがまた自分の暇な時の単なるお茶の時間であった。

面倒ではあるが全くもってのエコひいき。

支社スタッフも俺を見る目が違う。

支社長の秘蔵っ子。

そんな扱いに変わっていくのが手に取るようにわかる毎日であった。

行きたくない支社長室ではあるが、本当に快適空間であった。

ありえない招待旅行

その支社長の最初の連月戦の招待旅行のときであった。

支社の幹部が「みなさま大変お疲れ様でした」「本当に御苦労さまでした」と当たりさわりのない挨拶をした後、「乾杯」と宴がスタートした。

そこで、俺は支社の中ではほぼスターであったため、色々な職員さんから「ここに座ってください」と声をかけられてにやけてへらへらしていた。

そんな時、俺のチームのYO（大学時代の親友）が気分の良い俺のところに来て支社長が怒っていると俺に言う。

「意味がわからない。なぜ？　今、俺たちは頑張ったから招待されている。どうして怒られる?」が、わからないまま、慌てて支社長の所に行く。

が、本当に怒っている。

「お疲れ様です」と調子を取りながら酒を注ごうとする。

その時、いきなり、「なんでお前が一番に俺に酒を注ぎに来ないのか？」と言う。
「義理が立たんだろ」
「おかしいだろう？」と言う。
でも、これは招待旅行でしょう？　と聞くがそんなのは関係ないと言う。
そして、「座れ」と言う。「座ってます」と答える。
「バカか！」と一喝する。「正座しろ」と言う。
機嫌が直るまでの我慢と思い、しかたなく正座をする。
その間、色々な所長が、職員さんがその支社長に酒を注ぎに来る。
かなり上機嫌になっている。
そこでこっそり足を崩す。
すると「誰が足を崩していいと言ったか」とまた一喝する。
本当に意味がわからない。
ほぼ、最初から最後まで招待旅行で正座。
全くもって意味がわからない。

そしてようやく宴もたけなわでと神様の声がする。
「2次会は2階のラウンジで」と言っている。
「これからが俺の時間だ。やっと自由になれる！」と思った矢先。
支社長が、「俺は風呂に行く」と言う。
「お疲れ様でした」と俺は言う。
「やっと解放される」と思った。
その瞬間、「俺が風呂に行くということはお前も行くという事だよな」と言う。
まだまだ地獄は続くのかと諦める。
ほんの一瞬の自由時間であった。僅か5秒。
何という招待旅行なんだ。
それから風呂に行き、初めてのサウナ風呂を経験する。
支社長は大のサウナ好きらしい。
俺はサウナなんか入ったこともないし、入るつもりもなかった。
でも、今の空気はそうは問屋がおろさない。

仕方なくサウナに付き合って入る。

しばらくして目が尋常ではないくらいに回っている。

「目が回ってます」と支社長に言いだせない。

このまま救急車に乗せられるかもしれないと思った矢先、後から入ってきたY所長が「支社長、目が回ってるんでお先に出ます」と言ってくれた。

支社長は「それは大変、水風呂に入れ」と後に続いた。

ありえないラッキーだった。

俺もそのあとを追い水風呂に飛び込んだ。

するとあれほど回っていた目がゆっくりゆっくりと元に戻り始めた。

そんな俺の気も知れず支社長は「どうだ気持ちいいだろう?」と言ってきた。

「そうですね」と愛想よく答える。

満足したのか「じゃあ上がろうか」と言う。

「はい」と答える。

部屋に戻って義理の話を1時間ほどされて、ようやく本当に自由になった。

義理を通さないといけない、という事を身にしみさせられた。

でも、やっぱり意味がわからない招待旅行であった。

転勤

総合職には転勤というのがあることをすっかり忘れていた。というかこの快適な毎日が無くなる日が来ることを全く考えてなかった。

また支社長も「まだまだ転勤もないだろうし、もっともっとお前を鍛えてやる」と言っていた。

その頃の俺たちの営業所はおろか支社の数字も有り得ないほど絶好調であった。

しまいには支社が連月戦で何と日本一に輝いた。

祝勝会が支社であり、大会議室で意味がわからないが樽酒が振る舞われ、暫くすると支社全体が酒くさくなり、一人、また一人と倒れて行った。

とにかく幹部全員勝利の美酒に酔いしれていた。

そんなこんなで支社長自身も毎日が満たされていたのであろう。

だから本人も転勤などさらさら考えていなかったのだろう。
しかし、その日は突然やってきた。
例によって俺の机の内線電話が鳴った。
またいつものティータイムかと思ったが、支社長の声が少し暗い。
そして支社長室に行く。
すると、やはりいつものキレがない。
この支社長は高校球児で甲子園に出場したこともある大柄な人だった。
でも今日は少し小さく見える。
どうしたのかと思えば、「まあ、座れ」と言う。
応接セットに座り、「どうしたん?」と聞いてもすぐに答えない。
しばらくして、「実は本社に転勤になった」と言う。
「えー」と思ったが、それで本社のどこにと聞くと○○部の部長代理と言う。
本社の部長代理と言えば大出世である。
「おめでとう」と明るく言うと「お前は淋しくないのか」と聞いてくる。
淋しくないと言えば嘘になる。

「でも栄転なんで喜ぶしかない」と答えると「そうか、喜んでくれるか」と答える。

そこで少しいつもの支社長に戻った。

「お前にはしばらく転勤はないと言っていたから言いにくかった」と言いだした。

俺に言わせればそこまで気にしてくれていたのが有難くてしょうがなかった。

本当を言うと「ここまで可愛がってくれる上司はもういないだろう」と淋しくてしょうがなかった。

送別旅行

親父のような支社長が栄転する事になり「最後に仲間内でゴルフ旅行に行こう」支社長が言いだした。

俺は「いいよ」と一言。

「じゃあ、時間もないので俺が日程もメンバーも決める。それでいいか」と言う。

また俺は「いいよ」と一言。

「そしてあといつものG所長さんともう一人県外からT所長を呼んだ」と言う。

全く誰でもよかったが最後の旅行を楽しみにしていた。

そしてその日が来た。

天気も最高で絶好のゴルフ日和であった。

そこで初めてもう一人のT所長さんを紹介された。

もともと出身も育った我が町と同じという。

そして今、俺が4年間通った大学のある町の所長をしているとのことであった。

偶然にしても末恐ろしい出会いであった。

またこのT所長はあり得ないほど良い人であった。

俺はすぐにこのT所長と気が合った。

会話も弾み、ゴルフが終わった後もホテルに戻り、夜の宴会になった。

その時間も4人とも和気あいあいでいっそう楽しい時を過ごさせてもらった。

「そしてまた明日からみんな頑張っていこう」と支社長がその場を締めくくった。

本当に親父、お世話になりました。

俺は俺で親父が言った「お前はお前の色で仕事をしろ」と言った言葉を胸に秘め、明日からも肩張って仕事をやっていくと心に誓った。

新しい上司の着任

その頃、俺のいる営業所が営業部へと昇格していた。

そんな時、あり得ない事が起こった。

それは支社長の送別旅行で初めて会ったあの気のいいT課長が俺の直属の上司で赴任してきた。

その所長も辞令を見てびっくりしたと言う。

「まさかこの前ゴルフで会った時にこんな事になるとは」と言う。

でも冷静に考えると親父が仕組んでくれた人事であったに違いない。

その時から公私ともにそのT所長とはうまくいく毎日であった。

プライベートでもその所長の家に遊びに行ったり、仲良くパチンコやマージャンをしたりと仕事以外でも物凄くコミュニケーションが取れた。

何の不満もない毎日が過ぎて行った。

入社以来、本当にこの時期、更に何の不満もなく快適な毎日であった。

スカウト

もうこのころになると色々な会社からスカウトの話がくるようになった。

外資系の生命保険会社からが一番話がきていた。

高級な食事を食べさせて頂き、また「あなたの成績ならうちに来ればもっともっと稼げますよ」とそれはもうおなかもいっぱい、気持ちもいっぱい、とんでもなく気持ちの良い時間を頂けた。

でも、いまいち、今の居心地の良い会社を見切ることができなかった。

なぜなら、会社を移って、一から信用造りをしないといけない、というような問題ではなく本当の意味での保険屋さんとしての自覚がなかったからだ。

この時も成績はすこぶる良かったが、いまだ、勢いだけの仕事を繰り返していた。

本当にここまでツキだけでやってこれた。

なぜなら、この居心地の良い会社があまりにも俺を鼻の伸びきったピノキオにしていたからだ。

なんら将来、こうしないといけないとか全く考える必要がなかった。

そうこうしている間でもスカウトの話は継続的に続いていた。

支社長室占拠事件

一階下の営業所のI所長とはI所長が転勤で来て以来全くそりが合わなかった。

I所長は全く営業所から出なくて、外出は食事に行くときとトイレに行くときくらいであった。

それでいて仕事をしない癖に社員にはあり得ないほど厳しかった。

こういう社員は契約を持ってくるだけの道具扱いしているバカ総合職が大嫌いであった。

このころはスカウトの話は来るわ、支社のみんなに頼られ、総合職に対する愚痴や改善してほしいことなどを総合職に進言する便利屋さんになっていた。

そんな時に事件が起きた。

一階下の例の嫌いな奴が所長をする営業所の社員に俺が採用の情報をもらっ

て自分が採用して自分の組織を大きくしている。という噂が支社中にはびこりだした。

最初は全く関係ない話なので無視していた。

そんな矢先にその仕事をしないI所長が「あいつなら何でもやる、ルールなんか全く関係ないのだから、あいつはただのアホやから……」という声が俺の耳に入ってきた。

この声に俺は逆上してしまった。

「冗談じゃないぞ、そんな姑息な事してまで自分の組織を大きくする必要もないし、この会社にしがみつく必要もないし、女性を採用する気もないのに何を言ってるの?」と採用の責任者である教育課長に苦情を言いにいった。

すると教育課長は「そんな事をI所長が言うわけがない、とりあえず確認をしておく」と言った。

俺も「まあ、いいや」としばらく忘れていた。

ある日、社員さんが俺に「また所長が丸さんのことを最低な奴と言ってましたよ」と告げ口に来た。

そりが本当に合わなかったのでI所長から何か言われること自体が許せなかった。

それで直接言うよりも支社長の前ではっきりさせたほうが良いと思い、あの居心地の良かった支社長室に久々に行った。

でも今は居心地のよいあの時の支社長室ではなかった。

当然、そこにいるI支社長は全く知らない人だった。

「失礼します」とI支社長室に入った。

新しく来たこのI支社長とはほとんど口もきいた事がなかった。

突然、呼びもしない者が入ってきてびっくりしていた。

そして「そのI所長を呼んでくれ」と支社長に言った。

「何があったんだ」

「どうしたんだ?」とI支社長が言う。

「どうしたも、こうしたもないだろ」と俺は言う。

次のI支社長の言葉は「警察呼ぶぞ」だった。

「呼ぶなら呼べ」と俺も売り言葉に買い言葉。

こんな会社にいなくてもいいと思っていた俺は怯まなかった。

「あんたも責任者なら報告を聞いているだろ？」とさらに追い打ちをかける。

少し前にH教育課長が俺に言った事を確認しておくと言っておいて、全く確認する事も支社長に報告する事もしていなかったのだ。

H教育課長が真っ青になっている。

そして「実は……」とI支社長にそこで報告している。

俺はもう吐いた唾を飲めなくなって「早くあいつを呼べ」と声をあげる。

I支社長も何も言えなくなっている。

30分たってもそのI所長がやってこない。

俺もしびれを切らす。

「いい加減はっきりしてくれ」

「呼ぶのか、呼ばないのか」

「俺はこんな会社辞めても全然構わんのやから」とまくしたてる。

するとI支社長が内線で直接そのI所長に「すぐに支社長室に来なさい」と告げる。

「最初からそうすればいいのに」と俺は言う。

それから5分ほどでついにそのI所長がやってきた。

そしていきなりソファーに深く座っている。

そして「どうしたの？」と拍子抜けの事を言いやがる。

待たされてイライラしていたのもあるがつい言ってしまった。

「お前のそんな態度が腹がたつんだよ」とぶちかます。

するとそのI所長が座りなおし、浅く座る。

こちらの態度を見て尋常でないのを感じたのかやたらと丁重な態度に変わる。

「俺はお前らと違って自分の為に必死で数字を追いかけまわしとるのや、仕事もろくにせんで能書きばかり垂れるな」と吐き捨てる。

すると彼は申し訳なかった。と小さな声で謝罪してきた。

また俺はそこで更に調子に乗った。

「それで反省しているの？　聞こえんわ」と追い打ちをかけた。

彼は悔しかったろうが「もうしわけありませんでした」とさっきより明らかに大きな声で謝罪した。

俺は勝ち誇っていた。

「わかればいいんだよ」

「二度と俺の前で偉そうな態度をとるな！」

そして最後に優しく「仕事の邪魔をこれからはしないでね」とにこやかに支社長室をあとにした。

約1時間半にわたる戦いであった。

人生を変えたスカウト

毎回、毎回、良い返事をしていないのに出来ないのに「食事だけでも構いませんので」ということで数社から食事を御馳走して頂いていた。

外資系とは熱心なものだ。

国内生保の誰でもいいとは大きな違いだ。

ある時、新しい会社からの話があった。

その会社には俺も物凄く興味を持っていた。

なぜなら、俺のいい加減な保険募集とは違い、コンサルティング営業をうたった募集スタイルで継続率も俺とは正反対で素晴らしい。

今ではコンサルティング営業と当たり前のようにどの会社も言っているがその頃は画期的なものであった。

面談の日を決め、いざその会社に乗り込んでいった。

会社に一歩足を入れた瞬間から何か異様な雰囲気であった。

どう異様だったと言えば人がいないのであった。

そう営業マンがいないのである。

まるで前職の飛び込みの会社の面接の時のように……。

また国内生保である俺の営業所にはグラフやポスターがそれはもうわれ先、所狭しと貼り巡らされているのに対し、グラフどころかポスター一枚貼ってなかったのだ。

もうびっくりするばかりであった。

カルチャーショックであった。

こんな会社があるんだ。

一人で感動していた。

そして一人しかいない人がミーティングルームのような所に案内してくれた。

この人がここの責任者である部長さんであった。

何故、人がいないのか不思議でならなかった。

部長さんが「社員は月曜日と木曜日しか出勤してこない」と言う。

「この会社の社員さんはラッキーだ」
また「俺が考えている通りだ」
でも、おばちゃんばかりの俺のいる国内生保はそんなこと許されない。
いや許されるはずがない。
外資系生保の常識は国内生保の非常識であった。
その通りなのだがあまりの違いに驚きを隠せなかった。
そしてまた俺は「それでいいんですか、それで管理できるのですか？」
自分の会社では一人フレックスしているくせにそんなことを聞いている。
「なぜ出勤して管理する必要があるのですか」と真顔で答える。
「コンサルタントは自分の生活を豊かにするため、家族のためにスキルを磨き、
我が社で頑張っているのですよ」とさらに続ける。
びっくり、びっくり、びっくり！
ありえなーーーい！
「全く以てその通りだ。この会社は凄い」
目からうろこが落ちた。

全くもって当たり前のことを言っている。
本当に感動した。
そして一番聞きたかった事を聞いてみた。
「御社はどうして継続率が業界でもトップなんですか？」
「コンサルティングセールスってどういうことですか？」
この2点がどうしても教えてほしかった。
俺が今後本当の保険屋さんになるためには必要不可欠な事だからである。
有難いことにその人は結構熱く、俺の質問に対して事細かに説明をしてくれた。
俺が即、スカウトに乗ってくれると勘違いしたのかもしれない。
本当に分かりやすく、丁寧に教えて下さった。
俺はカルチャーショックを受けた。
しかし、「今の会社でもコンサルティングって出来るんじゃないか」と考えた。
本当に能天気であった。

居心地の良い会社でこれができれば言うことないじゃないかと考えた。

普通、国内生保は主力商品の販売にやっきになっているだけで、今教わった保険の仕組みをお客様に教えること、保険の本質を教えることがコンサルティングという事であった。

幸か不幸か、俺の居心地の良い会社は今教わった全期型の定期保険、当然、終身保険、医療保険の単品販売も可能であった。

それから自分なりのコンサルティングを確立すべく研究した。

一人ロールプレーイングをし、これでいいんじゃないかというような形が出来た。

そして初めてのコンサルティングを行うべく無理やりではあるが紹介をもらった。

「いざ、コンサルティングセールス！」

これが、なんと大うけ。

お客様が感動してくれた。

あり得ない。

俺のほうが感動した。
ありがとうございました。
これで本当の意味での保険屋さんの階段を登っていける。
そんな気がした。
そしてなんと即、ご契約。
そしてなんとまた、ご紹介が……。
きちんとしたコンサルティング。
見よう見まねの俺なりのコンサルティング。
びっくりするほど大成功。
また自分自身最高にいい気分。
ましてやお客様も喜んで頂ける。
そして会社（営業所）は喜ぶ。
「コンサルティングセールスってすごい」と一人感動していた。
三方が喜び、感動出来るのだ。これしかないと思った。
そしてひそかにピノキオの鼻は伸びていた。

今までのニーズのないそこらへんにいるおばちゃん生保レディと変わらないお願い営業。

粘りと根性の営業からの脱却であった。

それからこの保険営業のおもしろさを知ったかのように更にコンサルティングセールスに磨きをかけるべく研究を重ねた。

今までは優績者と言われることが恥ずかしかった。が本当の意味での優績者になれると実感が持てた。

また、火を見るよりも明らかに継続率もアップした。

更に契約を頂いたお客様からスムーズに紹介を頂けるようになっていった。

それからというものの毎月ストレスなく、今まで以上に成績が上がるようになっていった。そして俺は更に増長していった。

一人フレックスが今まで以上に激しくなった。

またまた仲間の転勤そして着任

社内で無敵な自分が完成していたそんな矢先、全てにおいて人間関係がうまくいっていたT課長が転勤することになった。

それが「もうこの会社そろそろいいかな」と思わせる序章であった。

もう人間関係を持つ上司はいない。心に決めていた。

そんな中、新しい上司が来ることになった。

当たり前ではあるが……。

その上司が来る日にある大型法人契約が断られてしまった。

もう最高に俺、機嫌が悪い。

それなのにT課長がもう少ししたら着任するから挨拶だけでもしてほしいと俺を引きとめる。しょうがないのでとりあえず待つことにする。

しかし、1時間たってもやってこない。もう限界であった。

その矢先、新しい上司がやってきた。

もう俺は神経が切れている。

挨拶はとりあえずしたけれども待たされた事、大型契約が断られた事、全ての怒りが彼に集中した。

「冗談じゃない。いい加減にしろよ。おまえの為に時間があるんじゃないぞ」

といきなりぶちかます。

彼はおろおろとしている。

それでもさらにたたみかける。

「あんたと仲良くする気は毛頭ない」と言いはなっていた。

転勤が決まってから「面倒なのが赴任先にはいるよ」と耳にしていたようでこいつがその面倒臭い奴かとそう思ったらしい。後で聞いた話ではあるが……。

上司の謝罪

彼の着任から暫くたったある日、彼の運転であるお客様の所に行った帰りだった。今まで散々俺の事を思った発言をしていた彼の口から一言、しいては自分が助かるというような話をしだした。今までの話は一体何だったのかと思わされた瞬間、一気に血が頭にのぼった。

車を運転している彼の腕をつかみ「車を止めろ」と大声をあげた。

彼はハンドルを締めたまま、ハンドルを離さない。まるでホラー映画を見ているような目で俺を見る。

俺も吐いた唾を飲み込むことが出来ない。

更に「もうここで下ろせ」とステ台詞を吐き、車のドアを思いっきり閉めて、そのあと一切無視し消えていった。

その次の日、朝礼が終わった後、彼が俺に近づいてきた。

全く相手にする気が無い。そんな俺の真横に来て、「昨日は申し訳ありませんでした」とみんなが見ている前で深々と頭を下げる。

さすがに俺も申し訳ないと思わされた。上司とこれっぽっちも思っていないが形上は上司である。その上司が部下に頭を下げる。あり得ない話である。

「この奴はちょっと違うな」と思った。なかなか出来る事ではない。ちょっと見直した。

が、その日から彼は俺の支配下に落ちた。

そして毎日、お抱え運転手となった。

もうこのころ、通勤はよその営業所の仕事に前向きな青年が自宅に迎えに来てくれていた。したがって、営業マンの俺は自分の車なしで仕事をするようになっていた。

出る杭は打たれる!!

全てにおいて快適であり、順調であり、ありえない保険屋さんではあった。

27歳の時に全てはやってきた。入社5年目であった。

そしてついに年収1000万円を超えた。これには感動した。

大学時代にのんきに何気なくテレビを見ていた時、青年実業家○○年収1000万とか何とか言っていた。なんでこんな奴らがこんなに稼げるんだ。と思っていた自分がいた。

その年収1000万円を俺が超えた。もう言葉に出来ない喜びであった。

また、この年、結婚そして子供が出来た。

更に自分の家を持った。

この年は良い事づくめであった。

そのはずだった。

それは突然訪れた。

土曜日休日で家でのんびりとしていた。

その時電話がなった。

嫁が電話に出て俺に電話と受話器を渡してきた。

そして「もしもし」と普通に電話口に出た。

「おたく○○さん、○○さん知ってますよね」

「知ってるよ」と答える。

すると「知ってるよじゃねーよ」と言う。

びっくりした。

何が起こったのか全く分からない。

「なんやこいつ、横着な奴やな」と思った瞬間。

間髪いれずにまくしたててくる。

「あんた連帯保証人だろ？　本人がいなくなったんでお前が払ってくれなきゃ困るんだよ！　払ってもらえないようならあんたの家もらうよ」とすごんでくる。

まるでVシネマでよく見るミナミの帝王の萬田銀次郎みたいだった。

テレビの世界が現実となった。

全てにおいて順風満帆であった俺にこんな事が起こるなんて夢にも思わなかった。

世の中、何でもうまくいくと勘違いしていた。

この連帯保障した〇〇は例の反面教師の元上司が紹介してくれた紹介代理店の社長であった。その人はいつも景気が良く、また保険の紹介も良くしてくれていたし、ましてやはぶりがものすごくよかった。スーパーなどで催事するグループのリーダー的存在の人であった。

その日から2、3日何も考える事が出来なかった。

勿論、会社も欠勤。

このころは勝手にフレックスな毎日であった。

ウジウジとどうしようこうしようと考えがまとまらず、〔破産しようかな〕とか安易に考えることもあった。

そんな時また例の奴から電話がかかってきた。

「どうするのか決まったか？」と横柄に言ってくる。

あまりにも俺は頭に来た。

次の瞬間、思わず言ってしまった。

「返せばいいんだろ！」

「月々いくら返済すればいいんか」とあてもないくせについ言ってしまった。

しかし気持ちがすっきりした。

「もう後には戻れない」ましてや「この仕事で作った借金絶対この仕事で返してやる」

と不確かな自信がみなぎってきた。

こんなふうに出すぎたクイは思いっきり打たれたのである。

快進撃

気持ちの整理はついた。
いつまでもくよくよしていても始まらない。
「俺はやるしかない」と自分を奮い立たせた。
「家も家族も生活も絶対に守る」と心に誓った。
しかし、なかなか会社での態度を変える事が出来ない。
でも、お客さんに会う頻度は明らかに違ってきていた。
フレックスも解消され、毎日当たり前だが会社に出勤するようになった。
相変わらず送り迎え付き。
営業の時は課長が相変わらず運転手をしてくれた。
気持ちを入れ替えてからはあり得ないほど営業成績が更に伸びた。
もう行く所行く所、大げさではあるが契約につながっていった。

保険会社は年払いで契約すると翌月1年分のコミッションをくれる。

法人契約であれば年払い契約が多い。

主に法人契約に注視しての活動をしていった。

そして、その年度の3月締め、決算月の中間。

ある事を課長が言ってきた。

「今、全国で営業成績が丸ちゃんベスト3位だと言った」

「あり得ないじゃん」

「これは1位も夢じゃないよ」と課長は言う。

そして念入りに二人で打ち合わせをした。

そして全国制覇をするべく残り2週間を二人共にのぞんでいった。

最後の締め日、3月25日、小雨交じりの日であった。

この課長と初めて出会った日に断られた法人さんから年払い1000万円の小切手を頂き、大型契約を最終日に獲得できた。

課長は何も話さず嬉しくないかと思いきやその法人の玄関を出た瞬間、突然飛びあがって万歳と吠えた。

最後の最後、年度末の日にこの大型契約が獲得出来て、課長も本当に天にも昇る気持ちだったのだろう。とその次の瞬間。

課長が俺の視界から消えた。

なんと思いっきり小雨にしめった石畳の上でひっくり返っていた。

俺もうれしいやら、面白いやらで思いっきり笑った。

その会社の人もびっくりして出てきた。

恥ずかしかったのだろうか、「大丈夫です」と立ちあがった。

車を運転しながら痛みにあえいでいた。

そして「申し訳ないけど会社まで送るんで、入金と申込書の提出お願いします」と言い、「病院に行ってくる」と言った。

「いいけど、大丈夫なん?」

一応心配する。

次の日、そう4月1日、エイプリルフール、彼は松葉杖と包帯を何重にもした格好で出勤していた。それを見てまた俺は大笑い。

笑いごとじゃないと涙顔のかわいそうな課長。

なんと靭帯断裂と言う。

突然、せつなさが襲ってくる。

「本当にうれしかったんだな、ありがとう！　ブー！」と心でつぶやいた。

そんなことがあって暫く忘れていたがあり得ない事が起こった。

なんと送り込み申達数字ではあるが全国制覇を達成したのである。

連帯保証人になって踏み倒され、いじけていた自分ではあったが、結果この偉業を達成出来た。

この不幸な出来事が無ければここまで仕事に邁進する事はなかったと思う。

やっぱり、運の良い男だと自分でも思った。

こんな全国制覇なんてタイトルを取れたのも保証人倒れし、借金と向き合い、必死で契約を取って回ったからこそ出来た偉業にほかならなかった。

この偉業に対してだけは保証人倒れが幸いであった。

そして更にこれからほどなく、借金も完済する事が出来た。

部下の前で謝罪をした上司とこのころ二人でフィフティーズと言うほどの仲になっていた。

転勤希望

大体、内勤総合職の転勤は3年か4年ごとにやってくる。

このころ、そろそろ、ぶー課長の転勤の時期じゃないかと思うようになってきた。

また自分でももっと自分を磨いていこうという気持ちも芽生えてきた。

フィフティーズのぶー課長に「転勤希望出したほうがいいんじゃない」と提案した。

ブーは「なんで?」と言う。

「もうこの会社でやれることは全部やってきた」

「これからはもう人のために稼ぐんじゃなく、自分のために稼ぎたいし、もっともっとコンサルティングスキルを高めたい」と思うようになっていた。

「もっと稼げる外資の誘いを受けようかと思う」と伝える。

「俺がいなくなったらあんた死ぬよ、今、絶好調の時に転勤すればカッコいいじゃん」

と付け加える。

いろいろ話し合った。

結果、俺の考えに賛同してくれた。

でも、やっぱりこの快適さが後ろ髪をひくのも事実であった。

徹底的にわがままを言い続けて会社はどう対応してくるのか自分の中でのゲームをしてみようと考えた。

「聞き入れてもらえないなら退職して新天地で頑張っていこう」

「聞き入れてもらえるならもう少しいて快適な時間を過ごしてみよう」

何度も何度もしようもないことで退職を考えてきた自分ではあったが、本気でやめようと思ったのは初めてであった。

自分を試してみようと言う気持ちも事実、嘘ではなかった。

全国制覇をも成し遂げ、もうこの会社で出来ることは全てやったという自己満足も頭のてっぺんまで登っていた。

「そろそろ外資系生保に転職してもっと稼いでみるか」という気持ちが借金も完済したし、全国制覇したし、この会社でやれる事は全てやったと考えるようになってきた。

国内生保と外資系生保

余談にはなるが保険会社特に国内生保の幹部の方々はひどい。というのも一流大学を出て頭の出来が違うのはわかる。でも仕事を出来る人がいない。というより本当の保険の仕事を教えることが出来ない。出来ることと言えば「いくら取ってこい」とか、「今月はどうだ」「主力商品を徹底的に販売しなさい」とか、保険屋のおばちゃんたちがきちんとした保険販売が出来るわけがない。全く保険の本質を教えてくれないのだから。粘りと根性での保険販売になるのは仕方がない。こんな生命保険販売をさせている我が国が悪いのだ。アメリカでは保険のコンサルタントは弁護士と同格の位置にあるという。なぜなら人生そのコンサルタントに任せるという一大セレモニーだからだ。また保険会社が5000から6000もあるという。選ばれたコンサルタントが担当をするといったような当たり前に信頼関係の上に契約がなされている。

たとえばライオンズと言えばお金持ちの社長さん達が集まるボランティア団体のように思われているが実は創始者であるメルビン・ジョーンズはアメリカの保険代理店の方だ。このようにアメリカと日本の保険を取り巻く環境がこんなにも違いがあるのはこう言った保険の環境と保険は面倒くさい、付き合いにて加入するものと言ったお客様方にも問題がある。一部の外資系生保がコンサルティングを駆使してお客様に提供する販売が我が国においても必要な事なのだ。

一番の違いは評価の指標。

外資は保険料が評価のポイント。それに対して国内生保は保険金が強化の指標である。

外資は保険料と言うことでお客様が支払える保険料の中でお客様が一番のぞむ保険内容を案内する事が出来る、その反対に国内生保はお客様が支払える保険料の中で少しでも保険金を釣り上げる。といった感じである。まさに加入するに当たって知り合う保険屋さんによって大きくお客様の保険内容が左右されるのだ。

一部の外資系生保は営業を経て管理職のポジションについている。営業から実績持った人がこのポジションにいる。ここが全く国内生保との差である。国内生保は前述したが勉強をして入社した総合職ばかりで保険の販売すら出来ない人たちが打ち合わせ、会議と称して今月はとか、今年度はとか意味のない話し合いがなされている。言ったことが出来なければ社員として出来ないやつばかりだからしょうがない。出来ない社員しか入社させきらないというか育てることすら出来ないくせに人のせいばかりにする。自分たちは保険募集やスカウト、保険会社で出来なければならない必須の仕事が出来ない。他力本願の精鋭ばかりで構成されている。まさに滑稽な職場である。

一部の外資系の幹部は保険販売のノウハウがわかっているので入社してくる新たな販売員のスキルもおのずとして上がっていく。

俺がいた国内生保は破綻により外資に買収されたが、管理職に残っているのは国内生保の残党の総合職で中途半端な外資系であった。突然横文字の言葉が並べたくられ、アメリカをにおわすことはあるがやっていることは全くもって国内生保そのままであった。

全く進歩がない出来もしない人たちが口々にコンサルティングセールスと語る。これしかないよと言いやがる。意味がわからない。

コンベンション

入社以来、毎年、優績者表彰式（全国大会）に招待されていた。

ずっと連続で入賞しているので結構全国的にも顔と名前がかなり売れてきていた。

ましてや業績も九州でも3本指に入るくらいになっていた。

当然、役員さん達も俺の事は気にしているようだった。

でもその時の式典時、俺は退職を伝えようと決めていた。

そんな時、I支社長が俺に「S役員に挨拶に行こう」と言う。

何も気にもしていないI支社長の後に俺は続いて行った。

そして「丸君ご苦労さん」とS役員は言う。

俺は「お疲れ様です」と社交辞令。

間髪いれず「本当にお世話になりました。今月末で退職させてもらいます」

とご挨拶。

隣でI支社長が震えているのが手に取るようにわかる。

I支社長は「一体、お前は何を言ってるんだ、何を言い出す?」と言いたいのだろうが、どうしたらいいですかと言わんばかりにS役員を見つめていた。

それに気づいたかのようにS役員が聞いてくる。

「どうしたんだ」とS役員が問いかけてくる。

周りの雰囲気が一気に暗闇へと変わっていった。

でもここでも吐いた唾は飲めなかった。

営業本部長であるS役員は当時、会社で一番の権力者であった。

進歩の無い、勢いだけで保険販売をやっている国内生保に限界を感じていたし、保険の仕組みも全く知らないし、その時だけ良ければよいといったバカな内勤達にほとほと愛想尽きていた。もうこんな人たちとは仕事をしたくない。

そんな気持ちで毎日過ごしていたのでこのチャンスで退職希望を伝えるしかないと心に決めていた。

ましてや自分が全く認められない人間の下で働くという事自体プライドが許

せなかった。
俺は2課で1課のM馬鹿課長がスライドして俺の上司になることが内定していた。
「冗談じゃない」
「辞めるならこのタイミングしかない!!」と誇示していた。
そんな俺にS役員は「丸くん、上司は普通選べないんですよ」と言う。
親を選べないのと同じでそれは当たり前のことではあったが俺は即言葉を返した。
「申し訳ないですが俺は上司は選ばせて貰います」と宣言した。

外務員の転勤

コンベンションが終わり、一度家に戻り、すぐに家族とリフレッシュ旅行に出た。
勿論、会社には全く出勤すらしなかった。
毎日、毎日会社からは携帯に定期連絡のごとく電話が鳴る。
勿論、無視。
留守電が30件を超える。
二泊三日の家族旅行から家に戻り、しばらくゆっくりしていると定期連絡。
何故か、その時電話をとってしまった。
それはフィフティーズのY課長からだった。
このY課長も計画通り、今月転勤が決まっていた。
「今度の土曜日、I支社長室まで来てくれない」と言うお願いだった。

「もう面倒くさいな」と答える。

「最後のお願いだ」と言う。

しょうがなく承諾する。

そして土曜日にI支社長室に行くとI支社長、Y課長そしてもう一人F所長が待ち受けていた。

一体何が始まるのかと思った矢先、フィフティーズのY課長が口を開く。

俺の同期のF所長の所だったら機嫌を直して仕事をしてもらえる？　と言う。

またしてもあり得ない事を言っている。

というか意味がわからない。

総合職の転勤はあっても外務員の転勤など営業所閉鎖や営業所統合など会社都合以外あり得ない。

なんとあろう事か俺が転勤になってしまった。

こんなありえない事までしてくれた会社には感謝したが、またまた転勤した先のF所長もM所長に負けずとも勝らない仕事の出来ない総合職であった。

そしてまた一人フレックスが復活していた。

コンサルティングセールス

ようやくコンサルティングセールスに自信が付いてきた。

アプローチで紹介がとれるようになってきた。

「今まであれほど次、何処にいこうか」とさんざん悩みもがいてきたのにコンサルティングセールスによってお客様が次に行く所を紹介してくれる。何と有難いことであろう。

また、紹介でお客さんに会わせて頂くと格段に成約率が上がるのだ。

もっともっと精度を上げていこうと仕事に対して欲張りになってきた。

でも周りは相変わらずパッケージで販売しろとか、コンサルティングが基本だとかやったこともない総合職達がしきりに語っている。

また成績の上がらない人たちはそんな総合職達からおこり飛ばされている。

まったく邪魔をしてほしくないかぎりである。

そんな人々は成績の良い人間に対してはあり得ないほど従順である。ひとたび気勢を上げればたちまちしゅんとなる。

まさに滑稽な職場である。

やっぱり、生命保険の基本をきっちりお客様に理解していただく。

生命保険はやたらと難しいものであったり、面倒くさいものであったり、付き合いで加入するものであったり、担当者がしつこいので加入したとかあまりにもアメリカとは正反対な加入の経緯を示している。

まず、生命保険はけっして難しいものではないし、面倒でもなく、ましてや付き合いで加入するものではなく、自分の為、家族への安心のために加入するものであるという認識を持ってもらえるようにお客様に伝えていく。

わかりやすく保険を理解してもらう。

保険のいわゆる3形から話を進めていく。

けっして保険に入ってくれではない。

保険の仕組みを教えることで保険の必要性をお客様に理解していただく。

付き合いで保険に加入するのではなく、必要だから加入する。

だからあなたに任せる。

そんなアメリカでいう弁護士と保険のプランナーが同レベルと言われるくらい重要な仕事であるというプライドを持って仕事が出来る。

「こんな素晴らしい仕事をしている」という使命感で仕事が出来る。

過去の俺様感を払拭でき、正義の味方のような最高の仕事である。

本当にコンサルティングは素晴らしい。

勝手にフレックス・アゲイン

外務員の俺が転勤という形になり、気分をかえての仕切り直しになったのだがまたしてもここのF所長さんがバカだった。

出社してもF所長の話は的を射ないわけのわからない自分の為の話しかしない。

どうせなら「自分には力が無いので皆さんの力を借りるしかありません。皆さんの業績で私の人生が変わります。どうぞ宜しくお願いします」と言えばいいのに自分では出来もしないに「どうなっているのか」とか「どこまで数字は出るのか」など小学校のガキ大将ですらできそうな管理しかやらない。

もう本当にうんざりなのである。

だからじゃないが自然と会社に足が向かわなくなる。

勝手にフレックスが復活。

ましてや「渋谷3社はつぶれる」など誹謗中傷が飛び交うようになる。数字はお客様のお陰で、紹介営業で数字は全く問題なく維持出来ていた。もうコンサルティング向かうところ敵なしという毎日であった。

涙の中央執行委員会議

好き勝手な毎日を送らさせて頂いてはいたが、そんな俺だが組合の中央執行委員に選任されていた。

もう三年くらいやっていた。

そして緊急中央執行委員会の招集がかかった。

その時は何かいつもと違っていた。

何が違うかと言うと、いつもは金曜日開催で1泊なのが土曜日の開催で日帰りであった。

でもあまり気にせずにいたら、渋谷の本社に入ると物凄く重苦しい空気に押しつぶされそうであった。

いつもにこにこの中央の選任役員の表情に全く笑顔が無かった。

「どうしたのだろう、本当に会社がやばいのか」と思った。

そして会議が始まった。

いろいろと中央の役員が経過をオブラートに包むように話を進めていく。

すると自分のことしか考えていないバカな総合職の中央執行委員たちが口々に質問を浴びせていく。

「自分たちの雇用は」とか、「給料はどうなる」とか、「福利厚生は」とか、本当に社員の事は全くお構いなしで自分たちの生活の事ばかりの話が延々と続く。

場内がざわついてきた所で本部中央執行委員長が涙で語る。

「もはや、私達には選択肢がない」

「外資との提携なしには会社が生き延びることが出来ない」と声を引きつらせて語った。

場内は事の重大さが初めて理解できたのか静まり返った。

週刊誌なんかでたいがい噂になっていたが、やっぱり火の無い所に煙は立たないのだなと思った。

本社を出てもマスコミの姿は全くなかった。

「だから土曜日開催だったのだ」と納得した。

そしてついに会社が外資と提携する事になってしまった。

外資系になる

スカウトに乗り、心機一転、会社を変えたわけでもなく、会社が勝手に外資と合弁会社を立ち上げ外資系の生命保険会社になってしまった。

なんとなく、ちょっとカッコイイ。

ましてや中堅生命保険会社が世界一の企業と合弁会社なんて……。

「ちょっとじゃない、相当かっこいい」一人上機嫌であった。

いろんな会社にスカウトの声をかけて頂いたけれども自分の会社が外資になった。

俺としては超ウェルカムだった。

「これで本当に会社が変わる」と思った。

確かに成果主義へと変わっていった。

それと外資系だから仕方ないのか、やたらと横文字の言葉が飛び交うようになってきた。

今までよりも更に毎日が気分良く仕事が出来るようになってきた。

会社自体がフレックス制になってきた。

何と快適な会社だろうと思っていた。

お陰で契約も順調に推移していき、お陰さまで本年度もコンベンションに該当する事が出来た。

ありえない生命保険会社の破綻

起こってはならない事が現実になってしまった。

渋谷3社は危ないと言われ続けたが会社が本当に破綻してしまった。

晴天の霹靂と言うか何と言うか、全く以てありえない話である。

しかも、危ないと言われていた渋谷3社のうちの2社が本当に破綻してしまった。

本当にうちは大丈夫なのかと思いながらも新社であるG生命がT社とは全く別の会社となっていた。

人間とは面白い動物である。

自分もT生命が破綻すると言うことが全く頭から消えていた。

毎日、毎日新社であるG生命の新契約に走り回る日々となっていた。

というか「T生命は渋谷3社の中でも外資が救ってくれるようなその2社と

は違うんだ」と勝手に解釈していた。

全国コンベンション

入社以来、毎年コンベンションには幸か不幸か招待され続けていた。

その年は破綻が噂される中、地元、九州の宮崎シーガイアにての開催であった。

もうこの頃は、名前も顔も全国区になっていたので一年に一度しか会えない地方の優績者との楽しい交流の場であった。

そんな中、T生命の現状についての話があった。

T生命は今までの契約の保全会社となっていた。

その話は「優績者の皆さん、皆様のお陰でG生命は予想以上に順調に推移しています。本当に有難うございます。また保全会社であるT生命も全く問題ありませんので心配しないでください」という事であった。

俺は能天気というかなんというかT生命の心配など全くしていなかった。

いや、俺だけではなかったと思う。
コンベンションに参加した優績者全員がそう思っていたと思う。
何故なら「G生命の役員さんがみんなの前で大丈夫と言ったのだから……」
そう思っていたのだが、それは突然やってきた。
入金前に何度も「T生命は大丈夫だよね」と大口法人から問われていた。
その度に「絶対にT生命は大丈夫です」と元気に答えていた。
G生命の役員が声高らかに「会社は大丈夫」と言い切ったのだから……。
しかも法人契約が入金になったわずか一週間後であった。
それは突然やってきた。

会社がつぶれる

全く考えもしなかった事が現実となってしまった。

この年までに実際に生命保険会社の2社が破綻に陥っていたがまさか自分の会社がこんな事になろうとは考える余地もなかった。

またその事実を知ったのは、法人契約を頂いているある病院の持っている野球チームのナイターゲームに出場している時だった。

携帯電話に50件以上の留守電が入っていた。

同僚の社員から……「会社が大変！」「テレビを見てーーー」

お客様から……「どうしてくれる！」

まさに寝耳に水であった。

とりあえず事実確認をしようと思った。

ニューステーションには間にあわなかったが、ワールドビジネスサテライトには間にあった。

放送開始早々、T生命保険破綻というテロップと本社の写真が映し出されていた。

全くもってのそれは全て現実で紛れもない事実であった。

出来ることであれば冗談であってほしかった。

先週、「コンベンションで全く問題ないと言っていたのは全くのウソだったのか、ご契約者様にどう説明しよう」

そして現実を受け入れたところで、明日どうしようとそればかり考えていた。

そんな中で先週、3年目の入金をためらわれていた法人の事が頭から離れなかった。

「次の破綻する生命保険会社はT生命と噂だけど大丈夫なの？」と問い合わせがあったが、先日、宮崎シーガイアでG生命とT生命の説明があったので自信を持って、「全くもって問題ありません」と言い切って3年目の保険料を入金して頂いた法人様、年払い保険料で3000万円、3年間で約1億円。

個人でどうにかできる金額ではない。

「どう説明しよう」と冷や汗に見舞われる自分がいた。

そして会社は解約など諸手続きができない業務停止命令が出た。

お客様からすると冗談じゃないと怒りにまかせて営業所で暴言を吐く人もいる。

それよりも事情説明にその法人に行くしかなかった。

まずは謝罪し、「現在試算する事も解約する事も出来ない状態です。解り次第お伝えしに参ります」ととりあえずご説明させて頂いた。

担当役員さんは「今、どうしようもないね」ととりあえず理解して頂けた。

「解り次第また説明に来てね」と、ことのほかやさしく対応して頂けた。

こんな素晴らしい会社を担当する事が出来て本当に有難かった。

しかし、このようなお客様ばかりではなかった。

地獄の日々

ご契約を頂いているお客様へお詫びの電話。

電話では駄目なお客様には直接訪問。

中には、

「どうしてくれるんだ」

「弁済しろ」

「殺すぞ」

などあり得ないほどの罵声を浴びせてくるお客様もいた。

やっぱり営業所にやってくるお客様は強烈な方がほとんどであった。

幸い自分のお客様にはいなかった。

こんな中でもひどい話ではあるが新契約を出さないことには生活が成り立た

ないのである。

全くもってあり得ない。

でも新契約の方はコンサルティングのお陰でお客様からお客様を紹介して頂き、成績は落ちる事は無かった。

本当にお客様は有難いものだ。

でもその裏側では、

「ごめんなさい」

「申し訳ありません」の毎日。

会社が勝手に破綻して売却して何故、俺たちがこんな目にあわないといけないのか全くもってジレンマの毎日であった。

長女の一言

ある日、長女から言われた一言がまたしても俺を動かした。

全くもって怠惰な毎日を送っていた俺に彼女が言った。

それはある日の事、まさに小学校から帰宅したばかりの長女が寝そべってる俺に「こいつ仕事しないでサボってる」と俺に言う。

俺も長女に「今サボってるんじゃなくて休憩中」と言いわけ。

そんなの幼い彼女には全く関係なかった。

俺は「どれだけ良い生活をさせてやってるんだ」と心の中で何度もつぶやいた。

単純な俺は「こんな事ではいけない。どうすれば現状から抜け出せるか」を真剣に考えた。

その結果、「俺の一番嫌いな所長になればいいんだ」

所長になれば嫌でも会社に行かないといけないし、仕事をするしかない。

今更ながらそんなことを考えた。

総合職と言えば仕事ができない頭でっかちなやつばかりといつも言っていたが如何せん頭の出来の良い奴ばかり。当然の事ながら有名大学卒業の高学歴。

公務員ではないがキャリア組ばかりである。

所長と言えば総合職、もしくは準総合職。そう簡単になれるわけがない。

自分は低学歴で営業しか知らない。

でもここで考えを変えるしか今の自分の現状を変えることは出来ない。

そう心に決め、翌日気持ちを切り替え出勤、でもいつもの意味の無い朝礼。

「我慢して最後までこの人の話を聞こう」と自分に言い聞かせた。

でもやっぱり我慢できなく途中退場してしまった。

またいつもと同じだ。

もう一度、自問した。

「俺はこのままでいいのか」と答えはひとつしかない。

このままで良いはずはある訳もなかった。

「もう一度、明日仕切り直しだ」

翌日、所長に相談に行く。

「俺を所長にしてくれないか」とストレートに言う。

所長は当然驚くというか、唖然としていたように俺には見えた。

しかし、その所長はすぐに、所長専用のパソコンを見せて、ここを見てと言う。

そこにはジョブシステムと書かれていた。

「何これ？」

所長は言う。「外資はあなたのような営業力のある人に手を上げさせて、総合職に登用していく道を作っている。その仕組みのことだ」と言う。

いつも、朝礼もぶっちぎっている自分にこの所長はあなたには是非、頑張って欲しいと言う。

すぐに理解できなかったがラッキーであった。

そしてとんとん拍子に機関長面接の運びとなった。

久しぶりの面接。

そしてそれは始まった。

名前を呼ばれ、面接室に入ると二人の人事部の面接官が待ち受けていた。

一人は若く、一人は年配。

若い方がやたら成績のことでお世辞を並べまくる。

そしてご家族の賛同は得られているかとか、収入が半分になるのはいいかとか、いろいろ聞いてくるが、良くなければここに今自分はいない。

最後に止めを刺してしまった。

破綻した会社はこんな自分をここまで稼がせてくれたし、社会的にも認められる自分にしてくれた。外資になってよくわからない横文字ばかり並べられ、意味がわからないし、旧社も順調な決算を迎えることが出来るし、破綻はありえないと豪語したのに大嘘だし、大嫌いと言ってしまった。

結果は言うまでもなく落選であった。

こんな半端な俺が総合職の面談までに長女での一言から本社面談まで至った事に凄い充実感があった。

結果は散々であったが……。

2度目の面接は突然

落選からまた怠惰な毎日に戻ってしまった。

紹介は切れることなく、順調にお客様の輪をつなげることが出来て、業績は相変わらず好調であった。

そんな中、九州の北部の統括部長として俺を見事落選させてくれたあの人事部の年配の奴が直属の上司として赴任してきた。

でも、そんな事は俺には全く関係なかった。

が、突然、一本の電話がその統括部長から携帯にかかってきた。

「今から会えないか……」と何のためにわざわざと思った。

話は会ってから話す。と意味深な感じであった。

仕方なく双方の中間点の高速のパーキングで会うことになった。

会うと開口一番、「明日東京に行け」と言う。

全く意味がわからない。

「まだ、機関長になりたいだろ？」とたたみかける。

とはいえ、あの落選から全く機関長は俺とは無縁、関係ないものと自分の中で封印していたものだった。

「ただ、外資は嫌いとかわけのわからないことを絶対に言うな、あの一言さえお前が言わなかったらあの面談で機関長になっていたのにと」と言う。

旧社の本社は何度も表彰や組合など行ったことがあったので知っていたが外資になって本社など行ったこともないし、どこにあるのかも知らなかった。

何とその当時、新社で力を持っていた業務推進の部長が駅まで迎えに来てくれるという。

そして駅で落ち合うと本社まで歩いて約5分。呪文のように、

「訳のわからない事は言うな」

と統括部長と同じ事を何度も繰り返し言う。

そして面接となり、また前回と同じように業績についてほめまくってくる。

でも今回は粛々と面談をこなし、晴れて機関長となった。

しかも、通例は準総合職であるのにいきなり総合職扱いであった。

著者プロフィール

丸林 弘一（まるばやし こういち）

福岡県北九州市在住

成り上がり営業マン

2024年11月15日　初版第１刷発行

著　者　丸林 弘一
発行者　瓜谷 綱延
発行所　株式会社文芸社
〒160-0022　東京都新宿区新宿１－10－１
電話　03-5369-3060（代表）
03-5369-2299（販売）

印　刷　株式会社文芸社
製本所　株式会社MOTOMURA

ISBN978-4-286-25807-2